VENTE DES VENDREDI 9 ET SAMEDI 10 AVRIL 1886

A 2 HEURES

HOTEL DROUOT, SALLE N° 9

OBJETS D'AMEUBLEMENT

Anciens et de Style

BIJOUX, OBJETS DE VITRINE

TABLEAUX

ANCIENS ET MODERNES

AQUARELLES

Beau Piano de Rhodé-Staub

EXPOSITION : le Jeudi 8 Avril 1886

DE 1 HEURE 1/2 A 5 HEURES 1/2.

Mᵉ Henri LACASSE

COMMISSAIRE-PRISEUR

48, boulevard Voltaire.

M. Émile VAN HOESERLANDE

EXPERT

34, rue Taitbout.

HOMO ADDITVS NATVRÆ
IMPRIMERIE DE L'ART

CATALOGUE

DE

BEAUX OBJETS D'AMEUBLEMENT

Des époques Louis XV et Louis XVI

ET DE STYLE

BRONZES ANCIENS ET MODERNES

Bijoux enrichis de Diamants

MARBRES, ÉMAUX, VITRAUX

OBJETS DE CURIOSITÉ

TABLEAUX ANCIENS ET MODERNES

AQUARELLES

Beau Piano de Rhodé-Staub

VENTE HOTEL DROUOT, SALLE N° 9

Les Vendredi 9 et Samedi 10 Avril 1886

A DEUX HEURES

Exposition le Jeudi 8 Avril, de 1 h. 1/2 à 5 h. 1/2.

Mᵉ HENRI LACASSE	**M. EMILE VAN HOESERLANDE**
COMMISSAIRE-PRISEUR	EXPERT
48, Boulevard Voltaire, 48.	34, rue Taitbout, 34.

CONDITIONS DE LA VENTE

Elle sera faite au comptant.

Les acquéreurs paieront en sus des adjudications cinq centimes par franc applicables aux frais.

Aucune réclamation ne sera admise une fois l'adjudication prononcée.

Paris. — Imp. de l'Art, E. Ménard et J. Augry
41, rue de la Victoire.

DÉSIGNATION DES OBJETS

BIJOUX & OBJETS DE CURIOSITÉ

MARBRES — ÉMAUX

1 — Pendentif formant broche en or, enrichi de brillants et roses ; rosace cerclée entourée de marguerites et de pampilles.

2 — Paire de brillants solitaires, montés en or.

3 — Bracelet en or, enrichi de brillants et grenats.

4 — Bracelet en or, enrichi de brillants.

5 — Petite croix en or, enrichie de sept brillants.

6 — Petite broche forme marguerite, enrichie de roses.

7 — Paire de boucles d'oreilles, montées de perles et de brillants.

8 — Bague en or, avec œil-de-chat entouré de brillants.

9 — Bague en or, émeraudes et deux brillants.

10 — Bague en or et brillants.

11 — Bracelet porte-bonheur, avec perle fine et rubis.

12 — Épingle de cravate en or.

13 — Broche en or émaillé.

14 — Chaîne de gilet, gourmette en or.

15 — Croix en argent, garnie de roses.

16 — Pendentif forme médaillon, en argent garni de stras.

17 — Bracelet en or, argent et brillants.

18 — Broche formée d'un camée améthyste, cerclé d'or.

19 — Coupe en cristal de roche gravé, montée en argent émaillé.

20 — Coupe en argent, à fond lobé.

21 — Boîte en émail de Saxe, piquetée d'or,

22 — Étui en porcelaine décorée, monture en argent à encadrements dorés. Style Louis XV.

23 — Petit buste d'Italienne en marbre blanc.

24 — Petite coupe sur pied en cuivre émaillé, sujet d'après Fragonard, émail en grisaille réservé.

25 — Bol sur piédouche en cuivre émaillé, orné d'un sujet : « la Paix ramenant l'abondance ». Émail en grisaille réservé.

26 — Assiette en cuivre émaillé, décorée d'un sujet d'après Martin de Vos : « le Mois de Décembre ».

27 — Petite horloge Louis XIII, à poids et sonnerie.

TABLEAUX ET AQUARELLES

28 — **Armandi** (P.). *Sous Bois*. Deux pendants.

29 — **Bligny (A.).** *En Reconnaissance.*

30 — **Bligny (A.).** *Lecture au corps de garde.*

31 — **Courbet (G.).** (Attribué à). *Sous Bois.*

32 — **Court.** *La Charmeuse.*

33 — **Cutbert.** *Poules et Canards.* Aquarelle.

34 — **Daumier**. (Attribué à). *Scènes intimes.*

35 — **Duvieux (H.).** *Vues de Venise et de Constantinople.* (Deux pendants).

36 — **Gays (E.).** *Paysage.*

37 — **Inconnu.** *Paysage avec sujets.*

38 — **Ista (V.).** *Paysages.* Aquarelles.

39 — **École moderne.** *Buveur et Fumeur.*

40 — **École moderne.** *Environs de Naples.* Paysages formant pendants.

41 — **École moderne.** *Vues prises a Capri et à Naples.*

42 — **École moderne.** *Châtelain et Châtelaine.*

43 — **Magnus.** *Forêt de Fontainebleau.* Deux pendants.

44 — **Ponson (R.).** *Château de la reine Jeanne à Naples.*

45 — **Réné Valette.** *Chasse à courre.* (Aquarelle.)

46 — **Ronneau (Adrien).** *La Brevière près Compiègne. Effet de soleil couchant.*

47 — **Starace (P.).** 1881. *Marchande de volailles.*

48 — **Vallée (E.).** *Jardin potager.*

49 — **Villesboisney (G. P.).** *Vue prise à Grandville.*

50 — **Vomane (R. M.).** *Marguerites dans une jardinière en cuivre.*

MEUBLES ANCIENS ET DE STYLE

BRONZES

51 — Meuble à deux corps, en marqueterie de bois garni de fleurettes, écussons et mas-

carons en bronze finement ciselé, travail de
l'époque Louis XV. La partie inférieure, à
trois tiroirs, forme commode ; la partie su-
périeure, divisée en cinq compartiments
vitrés, renferme une collection de figures en
cire, représentant un épisode de l'histoire
des martyrs de Trèves. Meuble curieux et
unique.

52 — Ameublement de chambre à coucher, en
chêne sculpté, composé d'un lit à quatre
faces, d'une armoire à glace, d'une toilette
commode, et d'une table de nuit, ornés de
mascarons et de guirlandes sculptés. Travail
en partie ancien.

53 — Armoire portemanteaux, s'ouvrant à deux
vantaux à glace, en chêne sculpté, de même
style que le précédent ameublement.

54 — Glace forme médaillon, dans son cadre en
chêne sculpté.

55 — Pendule en chêne sculpté, formée d'un
chapiteau. Style corinthien.

56 — Petite commode époque Louis XV, en marqueterie de bois garnie de sabots, chutes, poignées et entrées en bronze ciselé.

57 — Buffet à deux corps, en chêne sculpté, à colonnettes et ornements en relief.

58 — Belle cheminée, en chêne sculpté, surmontée d'une glace biseautée à fronton.

59 — Meuble de salon, Empire, composé de deux canapés, huit fauteuils et dix chaises, recouverts de lampas.

60 — Horloge époque Louis XVI, dans sa boite en palissandre, ornée de bronzes et surmontée d'un brûle-parfums en bronze de même époque. Cadran de Herbin.

61 — Deux poufs de forme carrée, façon bambou, en bois doré, recouverts d'étoffe de fantaisie.

62 — Deux tabourets de style grec, en bois doré, recouverts d'étoffe brochée.

63 — Pouf façon bambou à pans coupés, en bois doré, recouvert de satin de Chine broché.

64 — Deux escabeaux à entrejambes et à pieds tors, en bois doré, recouverts d'étoffe de fantaisie.

65 — Siège d'embrasure en bois doré, genre bambou, recouvert de même étoffe.

66 — Escabeau, style mauresque, même étoffe.

67 — Tabouret genre bambou, en bois doré recouvert de même étoffe.

68 — Joli cabinet chinois, en poirier poli, orné de colonnettes sculptées et de chimères formant entrées. Le corps inférieur s'ouvrant à deux battants garnis de panneaux chinois en laque dorée; le corps supérieur garni de tiroirs séparés par une niche centrale.

69 — Jolie vitrine genre vernis Martin, de style Louis XVI, enrichie de petits sujets d'après Boucher et de forme cintrée, ses faces sont de glaces biseautées.

70 — Table de milieu en marqueterie de cuivre, ornée de cariatides et de sujets en bronze. Style Louis XIV.

71 — Meuble d'entre-deux, à deux vantaux en marqueterie de cuivre, à cariatides et ornements en bronze. Style Louis XIV.

72 — Suspension de salle à manger, à vingt-quatre lumières, en bronze.

73 — Meuble d'entre-deux formant secrétaire, en bois de noyer et marqueterie de bois. Époque Louis XVI.

74 — Pendule borne, en acajou, mouvement de Augustin Le Noir.

75 — Petite pendule en bronze doré, surmontée d'un sujet et ornée d'une frise, représentant les Arts.

76 — Pendule en marbre veiné rouge, à colonnes et draperies en bronze doré.

77 — Petite commode en acajou. Époque
   Louis XVI.

78 — Garniture de cheminée, en marbre blanc
   et sujet en bronze.

79 — Lustre à soixante-quinze lumières, en an-
   cienne porcelaine de Saxe, garni de mufles
   de lions, de bouquets de fleurs et de fleurettes
   détachées.

80 — Piano en palissandre, de Rhodé-Staub.

81 — Vitraux pour fenêtres.

82 — Cartel Louis XVI, en bronze doré, modèle
   à lauriers.

83 — Garniture de cheminée, style Louis XVI,
   en bronze doré et à glaces, composée d'une
   pendule et deux candélabres.

84 — Belle pendule d'applique, en vernis Martin.

décorée de sujets tirés des fables de La Fontaine, fond vert.

85 — Belle table en bois de noyer. Style Renaissance.

86 — Autre table de même style, plus petite.

87 — Grand secrétaire Louis XVI en acajou, garni de bronze. Style de Jacob.

88 — Belle vitrine en ébène. Style Renaissance.

89 — Petit meuble d'entre-deux, style Jacob, en acajou garni de cuivres, dessus en marbre brocatelle d'Espagne avec galerie.

90 — Petit chien épagneul, en bronze, guettant une araignée.

91 — Morion allemand en fer.

92 — Objets mobiliers non catalogués.

93 — Seize volumes, musique : 3 volumes méthode de piano, par la marquise de Montgeroult; 4 volumes musique pour piano par Gelinck; 4 volumes Sonates pour piano par Clémenti; 5 volumes collection complète des Quintetti, quatuors et trios par L. Van Beethoven.

RED. :

16

MIRE ISO N° 1
NF Z 43-007
AFNOR
Cedex 7 - 92080 PARIS-LA-DÉFENSE

graphicom

0 1 2 3 4 5 6 7 8 9 10

www.ingramcontent.com/pod-product-compliance
Lightning Source LLC
LaVergne TN
LVHW011005180726
843502LV00007B/2354